KB141057

아름다운 이름

수우당 동인지선 005

아름다운 이름

초판발행일 | 2022년 10월 30일

지은이 | 객토문학 동인
펴낸곳 | 노서출판 수우당
펴낸이 | 서정모
주 소 | 51516 창원시 성산구 외동반림로 126번길 50
전 화 | 055-263-7365
팩 스 | 055-283-8365
이메일 | dlp1482@hanmail.net
출판등록 | 제567-2018-7호(2018.2.12)

ISBN 979-11-91906-10-3-03810

값 10,000원

❋시집은 2022년 경상남도, 경남문화예술진흥원의 문화예술지원금을
  보조받아 제작되었습니다.

객토문학 동인 제18집

아름다운 이름

김성대 노민영 박덕선 배재운 이규석
이상호 정은호 최상해 표성배 허영옥

수우당

18집을 내며

독립운동하면 떠오르는 것이 친일 잔재다. 올해도 연례행사 처럼 광복절이 지나갔다. 광복절 의미를 부러 되새겨 보지 않 아도 이날만큼은 남녀노소 세대를 초월하여 일제가 우리 민족 에게 가한 만행을 기억하고, 다시는 그와 같은 국치기 일이니 지 않도록 다짐하고 행동하는 하루가 되었으면 하는 바람이다.

3.1운동과 대한민국 임시정부가 수립된 지 100주년이 지났 다. 지금도 이 역사적 사실, 민족 정통성을 부정하는 이들이 사 회 곳곳에서 국민들을 오도하고 있다. 이는 해방정국을 거치면 서 반민족행위자를 청산하지 못한 배신의 시간 때문이다. 그 중심에 정치가 있다. 오늘날 광복절의 의미를 다시금 되새겨야 할 이유가 이렇게 단순하다.

우리는 지난 동인지에 태극기를 기획주제로 잡아, 국가를 상 징하는 국기가 갖는 의미에 대해 짚어 보았다. 이번 동인지에는 그 연장선에서 일제의 침략이 시작된 1876년 강화도조약 전후에서부터 빼앗긴 나라를 되찾기 위해 자기 삶을 통째로 조국 독립에 바친 독립운동가를 모셨다.

여기 모신 독립운동가는 동인들 출생지에 따라 그 지역 독립운동가 중 독립운동에 대한 증언이나 기록이 부족하여 혹은 사회주의 계열 독립운동가라 해서 그 공이 배제된 이들을 찾아 그분의 정신을 기리고자 했다. 하지만, 결과는 작고 미비하다. 그래도 객토는 이런 작업을 계속해 나갈 것이다.

2022년 10월
객토문학 동인

차 례

제1부

우리 지역 독립운동가

제2부

시 마당

제1부

우리 지역 독립운동가

팔 의사義士

'가로되 우리 동포는 나아감은 있으되 물러섬은 없다' 며 1919년 삼진날인 4월 3일 아침 진전면 양촌마을 앞 하천 광장에 집결하라는 격문이 나돌고 1차 의거에 이어 2천 명의 마을 사람들이 모였다 진전면에서 진동면으로 행진하면서 5천 명으로 늘어난 사람들은 사동교 앞에서 총과 칼로 무장한 일본 헌병과 심의진 등 일제의 앞잡이에게 가로막힌다 맨 앞에서 태극기 장대를 들고 행진하던, 장사로 이름난 김수동 의사가 '너희가 우리나라를 빼앗고 우리의 피를 빨아먹으니 우리의 불공대천 원수다' 라고 외치며 일본 헌병의 목덜미를 잡아 올려 다리 아래로 던져버렸고 그 의사는 일본 헌병의 총에 맞아 붉은 피 흘리며 죽었다 그 뒤를 이어 장대를 든 변갑섭 지사가 일본도에 두 어깨가 잘리며 숨을 거두고 김영환 지사가 일제 앞잡이의 총탄에 쓰러졌다 그리고 홍두익 고묘주 김호현 변상복 이기동 지사가 죽었다 창원에 있는 진동면, 진북면, 진전면을 일러 삼신이다 이른데 후대의 사람들은 당시의 투쟁을 삼진의거라 불렀고 죽어간 사람들을 8의사라 부르며 그들을 기렸으며 김영환 지사가 '나를 죽인 놈은 심의진이다 이 원수를 꼭 갚아 달라' 외치며 죽었다는 것을 잊지 않고 있다 8의사의

13

정신은 마산 정신의 발원이 되어 합포만으로 면면히 흐르고 있고, 우리의 오늘은 님들의 정신이 만들어 온 내일이 되었다

배중세裵重世

김대지 황상규 한봉근 이종암 이성우 윤세주 신철휴 서상락 김상윤 강세우 곽재기 김원봉 그리고 단정卅丁 배중세 애국지사

1893년 3월 5일 경상도 창원도호부 상남면에서 태어난 배중세 지사는 1919년 4월 3일 창원군 진전면에서 일어난 만세운동 당시 독립선언서 배포 등 삼진의거에 앞장서다 만주로 망명하였다 그해 11월 중국 길림성에서 김원봉, 황상규, 한봉근 등 12명의 동지들과 항일 무장투쟁을 펼칠 것을 결의하고, 의열단을 조직하여 1920년 3월 곽재기 등과 밀양경찰서 폭파계획을 추진하다 1921년 체포되어 징역 2년의 옥고를 치렀다 출옥 후 마산부에서 살다가 1925년 9월 조선으로 입국한 의열단 이종암의 군자금 모금 활동 등 '의열단 양건호(본명 이종암) 사건'으로 또다시 체포되어 1926년 3월과 6월에 살인미수 등으로 구류 갱신이 되었다 이열다 나석주 의사가 동양척식회사에 폭탄을 던지고 '나는 2천만 민중의 자유와 행복을 위하여 희생한다'고 자결한 날이 바로 '경북 폭탄의거' 결심 공판일이었다 1926년 12월 28일 폭발물 취체 벌칙 위반으로 징역 1년을

선고받고 대구형무소에서 옥고를 치렀다 출옥 후에도 지사는 항일투쟁을 계속하다가 1943년 1월 예비검속으로 세 번째 투옥되었는데, 1944년 1월 23일 해방 조국을 보지 못하고 대구형무소 옥사에서 순국하였다 1919년 조선 청년 13명이 눈 덮인 중국 땅에서 무장투쟁을 결심한 이후 25년에 걸쳐 일제의 폭압에 맞서 목숨을 내걸고 싸우다 차가운 감방에서 숨을 거둔 것이다 구축왜노驅逐倭奴 · 광복조국 · 타파계급 · 평균지권平均地權을 최고의 이상으로 내걸고 의열단을 창립한 그날, 중국 땅에는 김대지 황상규 한봉근 이종암 이성우 윤세주 신철휴 서상락 김상윤 강세우 곽재기 김원봉과 함께 배중세 애국지사가 있었다 '넓고 평평한 대로위는 모든 사람이 함께 다닌다 갑자기 왜놈에게 나라를 빼앗겨 험한 길을 가기 힘들어도 수심을 참고 가리라' 는 지사의 정신은 언제까지나 창원 상남단정공원과 이 나라 강하늘 산 바다 땅에 있을 것이며 역사로 길이 남을 것이다

팽삼진彭三辰

백년대계의 교단에서
마산 창동 중앙학교와 여자야학교 학생들에게
민족정신을 심던 선생은
여덟 살 되던 해부터
일본침탈에 빼앗긴 나라에서 자랐다.

마산창신학교 재학 중에
마산 한복판에서 독립만세시위를 하다가 체포되어
부산지방법원 마산지청에서 6개월 징역형을 살고도
출옥 4년 후 스물한 살에
학생들에게 민족교육과 독립정신을 가리키다
소요 혐의로 다시 체포되어 투옥 되었다.

출옥 후 비밀결사 사각동맹 결성에 참가하고
12년 후 또다시 독립만세시위를 계획하다
마산경찰서에 체포되어 장기간 옥고를 치루고
그 이후로 일제의 감시 속에 곤궁하게 살다가
해방 한 해 앞 끝이 없던 독립운동의 한을 쥐고
겨우 마흔 두 살에 마산의 품에 잠들었다.

일제강점을 버티고 또 흐르고 있는 백년의 지금까지
나라가 기울어 질 때 마다
독립정신의 깊은 뿌리가 싹을 틔운
선생의 그 기개와 정신이 깃든 마산의 학생들은 또
선봉에서 나라를 세우기 위해 민주와 자주를 외친다.

이교영 李教永

창선 이교영 선생은
남의 것을 빼앗아 제 것인 양 짓밟는
일제의 만행에 마땅히 저항하고자
진동 진북 진전의 고향 사람들과 함께
진동면 고현리 시장에서 대한독립 만세를 외쳤다.

조국독립을 위해 만세를 외쳤는데
삼진의거 만세운동을 주도한 혐의로
체포되어 태형 90대를 맞았고
해방 때 까지
남부지방의 대표적 독립운동가인 죽헌 이교재 선생과
함께
상해 임시정부로 보낼 군자금을 모집하다
일제로부터 체포되어 손톱을 뽑히는 고문을 당했다.

목숨을 걸고 그렇게 원하던 해방을 맞이하고도
한국전쟁을 일으켜 동족상잔을 저지르고
창원군 진전면 곡안리 뒷산 성주 이씨 재실에
피난 온 한 고을 이씨 일가 백여 명에게

무차별 사격을 가한 미군의 총탄은
유족 80여명을 학살 하였고
이교영 선생과 가족도 함께 몰살당했다.

빼앗긴 나라를 되찾기 위해 피 흘린 이 땅
사대주의 맹신이 총칼이 되어 겨누는 한
망국의 뿌리를 뽑을 때 까지
독립운동의 외침은 대를 이어 쉼 없이 일어나
비로소 3·1독립 삼진의거 희생을 꽃피우리라

애국지사 박응양朴應陽
– 산골짝에 울려 퍼진 대한독립 만세!

서부경남에서 가장 치열한 만세의거를 전개한 산청
단계, 단성장터에서 서울서 내려온 운동 바람이
3. 19일에야 가장 치열했던 고요한 산골의 포효

애국지사들의 주도로 수백 명의 군중이 뒤따르며
외쳤던 오로지 대한독립만세!
천여 명이 뭉쳤던 단성장에서는 수십 명의 사상자가
나고
지도자들은 체포가 되었지만 남은 군중들은 장터를 돌며
멈추지 않았던 대한독립만세!

장터의 상인들도 장꾼들도 숯 굴의 나무꾼도 지리산 약
초꾼도
한목소리로 외치며 골짜기를 깨웠던 대한독립만세!

비민걸기에 함께했던 규수 홍승균은 일본 헌병대의 밀정
거사 직전에 주동자들 체포당하고 위기에 빠진 산청장날
시골벽적 흥정 소리 넘치던 장터에서
주동자도 없이 터져 나온 외침 대한독립만세!

흥정하던 상인도 물건 사던 장꾼도

만세 소리에 놀란 교실 안의 어린 학생들도 모두 몰려나와

에라 만세! 대한독립 만세!

금서면 사평리 박응양선생

일본군 칼에 맞아 귀가 잘리고 팔이 날아가 외팔 외 귀로 살다가

몇 년 못살고 돌아가셨다.

내 청춘의 날갯짓을 말없이 받아주던 꽃봉산 수계정은

그날의 비밀결사 회의장 그 비장함을 정자 옆 팽나무는 알고 있겠지

군수가 버린 나라를 애국지사들과 민초들이 건져냈다는 걸

예나 지금이나 정자 옆 소나무는 독야청청하고 경호강물 푸르다

반남박씨 25세손인 나는

그날의 눈물과 피로 일궈놓은 세상에서
하나님이 보우하사 우리나라 만세!
대통령이 일본을 형님으로 모셔야 한다는 이 나라에서
가야 할 길 태산이라 님의 시간 앞에서 길을 묻는다.

면우 곽종석郭鍾錫
– 비바람을 부르는 제갈량

파고다 공원의 독립선언서가 3·1운동을 발발 시켰을 때
그 명단에 들지 않았던 조선의 유학자들은
파리평화회의에 전할 영문 독립요구서를 띄웠다.

독립을 청원하는 간절한 절규가 담긴 긴 편지
세계 각국어로 번역되어 파리를 향해 날아간 간절한 밀서
일제 침탈의 부당함을 낱낱이 고발하고 독립을 외쳤던
조선 유학자 137인의 호소 2,674자의 파리장서
'우리 이천만 생명만이 홀로 전 세계의 조화로운 질서에서
제외될 수는 없습니다.' 마지막 외침
한국 유림 대표 면우 곽종석 선생을 중심으로 쓰고
국제사회에 알려내고 전국 향교에 배포하여
자결 대신 살아서 빼앗긴 나라 찾아내자던 유학자

고종은 일찍이 그의 智를 칭송해 제갈량에 견주었다지
경상지역의 3·1운동이 시골 장터마다 울려 퍼질 때
나라가 있어야 내가 있음을 국제사회에 알려낸 큰 배포
망국의 대부로서 죽을 곳을 얻지 못함을 한으로 여겼다던
그가 천하만국에 대의를 부르짖을 수 있음을 기꺼워했고

2년 형을 받고 투옥되자 왜 종신형이 아니냐고 호통치던
기개

서슬 퍼런 일갈에 펜으로 세상을 바꿔보겠다는 나는
선생 함자 하나 모르고 살았다는 게 부끄럽기 그지없어
님을 따르고자 지새는 밤에 귀뚜라미 울음 옹찹니다.

하도인河道仁

마른 땅에 봄비가 스며들어 새싹을 키워내듯
민중의 가슴에 독립의 싹을 키운 사람 있으니
창녕의 하도인 선생이다

1920년 창녕청년회 상무부장을 시작으로
소인극단을 조직하고
농촌 계몽운동과 농촌 신생활운동 농민공생조합
밀양 김원봉의 의열단
백산 안희제 선생의 독립군자금 모금에도 협조하다
치안유지법 출판법 위반
벌금형 집행유예
요시찰 인물로 낙인찍혀
때론 잡혀가고
때론 아슬아슬 피하면서
광복의 그날까지
단비처럼 창녕 땅에 독립의 싹을 키운 선생

아직 독립유공자로 서훈받지 못했지만
창녕 땅 곳곳에 스민 선생의 큰 공로

거목으로 남아
오래도록 꽃을 피울 것이다

황귀호黃貴浩

생명을 구하는 일은 어렵고도 고귀한 일이다
사람의 생명
그도 악랄한 적의 수중에 잡혀있는 동지의 목숨이라면
더욱 그럴 것이다
그 어렵고 고귀한 일
수없이 해낸 사람 있으니 그 이름 황귀호 선생이다

일제가 세운 만주국 경찰에 침투히여
백범 김구 선생의 밀령을 수행하다
반만 항일단체인 구국회 회원 수백을 총살 현장에서 구
해주고
보천보 전투에서 치욕을 당한 일제의 발악으로
무자비하게 구금된 수많은 애국동포
적의 경무과장이란 직책을 이용하여 석방케 하고
김구 선생의 밀령에 따라 만주를 떠나서는
애국 청년들의 행로 안내 은신처 주선 신변 보호
지하에서 조국 광복을 위해 헌신을 하다
일제 경찰에 체포되어
북경 감옥에서 광복을 맞이하고야 풀려난 선생

티 안 나고 표 안 나게

조국 광복을 위해

사선을 넘나들며 음지에서 싸워온 선생의 고귀한 업적

그래서 우리가 더욱

빛나고 표나게 길이 칭송하고 기억해야 할 그 이름

남남덕南男德

정승가문 장녀로 태어났지만
하늘과 땅
유교체제의 그 남존여비 사상이 싫었고
봉건적인 아버지의 후처살림에 갈등하다
여성차별을 벗어나고 싶어
스스로 일본으로 건너갔다.

  일본 성석고등학교에 입학했지만 교과과정이 보수적이
고 폐쇄적인 규율 따위를 비난하다 결국 자퇴하고, 일본
에 머무는 동안 독립운동가 이순근 이관술 이재유 조병목
등과의 교류를 통해 조국독립의 절실함을 깨닫고 귀국하였
다. 귀국 후 독립운동을 포기할 수 없어 다시 일본 중국 러
시아로 다니며 조국독립운동을 열어갔다. 이재유 후계조직
재건[1] 실천 활동으로 검거되어 기소유예로 풀려났지만 계
속 일제 검찰의 감시에 시달렸다. 빼앗긴 조국을 되찾기

---

1) 이재유(1905~1944) 조선좌익운동의 신화'로 불릴 만큼 탁월한 조직 활동
   1933년 8월 김삼룡 변홍대 안병춘 등 '경성트로이카' 결성. 1934년 11월 이관
   술 박영춘과 경성재건그룹 조직 노동운동, 조선독립, '조선적' 공산국가 건설
   을 목표로 운동에 헌신함. 1936년 12월 체포되어 1938년 7월 징역6년 선고 받
   음. 형기 만료 이후에도 예방구금제도의 적용을 받아 청주보호감옥소에 수감.
   1944년 10월 26일 옥사함.

위해 몸과 마음으로 동분서주했던 것이다.

선생은 '태평양연안제국반제주의민족대표자회의' 사건으로 옥고를 치루고 나온 이순근선생과 결혼해 부부가 같이 조국독립운동에 헌신하다 다시 혼자가 되었다. 해방과 한국전쟁을 거치면서 신분제도 가부장제 축첩 유교체제가 만든 여성의 억압 등에 진저리가 나서 선생은 승려가 되기도 했고 다시 환속해 여성계몽 운동으로 팔도를 유랑하기도 했다.

경남 함안군 군북면 명관리

조국독립을 위해 청춘을 다 바친 선생. 그 후손들이 만든 초라한 기념 흔적 앞에 묵념을 하면서 독립운동가와 친일후손들의 대우가 거꾸로 된 가슴 아픈 이 현실. 아, 부끄럽고 죄송한 마음만 든다.

이순근 李舜根

우견정이 있는 산골마을[2]
찾는 발길 드물어 사람 소리 대신
탄압과 외면을 깨우는 죽비처럼
후드득 떨어지는 빗소리만 요란하다

선생은

1932년 12월 '조선반제동맹경성준비위원회' 결성. 그 메
시지는 "조선민족은 일본합병의 결과 착취와 압박으로 인
해 심각하게 생활권을 위협당하여 현재 빈사상태에서 헤매
고 있는바 우리는 지금 감연히 떨쳐 일어나 일본제국주의
에 항쟁하여 조선 피압박민족의 해방을 실현코자 한다. 대
회 대표자 동지들은 이 조선반제운동에 대하여 열렬히지지
원조해 주시길 바란다."라며 국민들 의식을 다시금 일깨우
셨다.

1932년 12월 중순 일본 동경에서 '태평양연안제국반제
주의민족 대표자회의'에 제출할 슬로건을 '식민지 노예

---

2) 경남 함안군 군북면 명관리에 있는 이순근 독립운동가의 기념비가 있는 작
  은 공원

교육 반대' '조선어 본위의 교육 실시' 등 40항목을 내세워 독립을 위한 강한 민족정신으로 일본에 정면대응 하는 내용을 결정했다. 이 사건으로 선생은 치안유지법 위반으로 4년 만기 출소. 석방 후 맹렬한 반일운동을 전개하시다 검거 석방을 되풀이 하면서 식민지 땅이지만 조선의 정신까지 지배당하기를 거부한 것이다.

해방 후 9월 건국준비위원회 기획부원, '조선인민공화국' 교통부장

대리로 선임되어 일하시다 평소부터 신분제도 등에 환멸을 느껴 결국 그 해 11월 북조선으로 넘어갔다.

독립운동가가 사회주의 계열이면 연좌제의 올무에 발목 묶여 민생고 해결도 어려웠지만, 당당하게 사는 친일파들이 더 이상 부끄럽지 않게 된 이 땅. 나라와 민족을 위해 몸과 마음을 다 바친 독립운동가 이순근선생 그 업적을 기리는 기념비, 저렇게 무관심의 비를 맞고 있는 선생의 고향 하늘, 아직도 어둡고 외롭다.

안용봉安龍鳳

1922년부터 3년간 사립 퇴촌 야학회에서 배운 학력으로 노동 항일투쟁의 전사가 되어 치안 유지법 위반으로 1940년 9월부터 1년 6개월의 징역을 살며 해방을 맞이한 안용봉.

1947년 창원 동 공립국민학교 운동장에서 "지금의 해방은 껍데기 해방"이라며, 1948년 5월 10일 "단독정부 수립"이 아닌 "남북 하나의 나라"를 위해 반대한
안용봉.

목숨을 건 항일투쟁의 길도
정권의 목적 앞에서는 볼온 세력일 뿐
정부 수립 후 수시로 연행 되어 간 진해경찰서
6·25사변 때 다시 불려가
끝내 재판도 없이 맞이한 죽음

민중의 생존을 위해 걸었던 목숨
나라가 빼앗아 간 목숨 되어
무남독녀 외동딸도 연좌제에 묶여

56년을 숨겨야 했던
그의 과거

친일의 잔재를 정리하지 못한
첫 단추의 자리
현재에도 이어지는 오늘
나아갈 내일의 길
아직 요원하다

배재황裵齋晃

주시경 한글학교에서 공부 후 19세에 고향으로 내려와
계광 학교에서 자리 잡은 교편
　3·1 운동의 확산 때 승복과 노동자 차림으로 서울에서
등사기를 구입 주기용, 허전 등과 독립선언서와 태극기를
만들어 "웅동 독립 만세 운동"을 준비한 1919년 4월 3일
　김해군 진영에서 소작 쟁의 투쟁에 나선 1931년
　농민 조합 설립과 농민 운동에도 힘쓴 1934년
　진영에서 한글 강습소를 열고, 건국준비위원회에 참여
'미소 공동 위원회'에 경상남도 대표로 참가한 1945년

　독립운동가로
　민중의 소작 쟁의 투쟁가로
　민중교육의 선생으로 살아 온
　그 숱한 업적도

　〈좌. 경. 낙. 인.〉

　주홍글자에
　접어야만 했던 평생의 삶

역사의 현장에서 쫓겨나야 했던 그 순간
어떤 희망이
그에게 남았을까

아직 독립운동가로 인정받지 못하고 있는 오늘
우리는 어떤 희망을 역사에 새겨놓아야 할까

강달룡姜達龍

일제치하에서 선생은 지식인이었고 기자였다

3·1 만세 운동이 들불처럼 일어나자
누구보다 앞장 서 독립선언서와 격문을 만들어
경남 진주지역 만세시위에 적극 가담하였다

시위 주도자로 지목되어 체포 구금
출옥 후에는 노동자와 농민,
백정출신 등과 함께 대중운동에 참여
특히, 백정출신 인권보호를 위해
형평사衡平社 운동에도 참여하였다

더욱이 사회주의 사상을 기반으로 한
사회운동에 뛰어들어
무산자동맹회에 적극 가담하였고
순종 장례식을 계기로
천도교 등 민족주의 세력과 함께
제2의 3·1운동을 일으키고자 계획하였으나
실패, 선생의 큰 꿈이 좌절되었다

수감 생활을 하는 과정에서 생긴
정신이상을 극복하지 못하고
1940년 7월 12일 안타깝게도 운명하셨다

인간은 누구나 평등하다는 형평사운동
노동자와 농민 무산자 계급해방을 향한 실천운동
민족주의와 사회주의 세력 연합을 통해
일본제국주의에 항거하고자 했던
선생의 큰 꿈이 오늘날 인권운동과 민주화 운동의
밑거름이 되어 지금도 빛을 발한다

강병창姜炳昌

철저히 사회주의 사상을 기반으로 한
독립운동을 했던 선생은
독립된 조국에서도 환영받지 못했다

일본유학 중
조선공산당朝鮮共産黨 일본본부가 조직되자
검사위원을 맡았으며
잡지 『이론투쟁理論鬪爭』에
글을 기고하는 등 이론에도 밝았다

고국에 돌아와 활동하는 중
제3차 조선공산당 검거 사건으로 체포,
서대문형무소에서 만기 출옥하여
이기택李起澤, 정희영鄭禧泳 등과 만나
한국 내 각 지방 조선공산당 재건을 위해
활동 중 해방을 맞았다
경남 대표로 전국인민위원회 대표자대회에
참석하는 등 선생은
남한만의 단독정부수립을 끝까지 반대했다

빼앗긴 나라를 찾는데
민족주의 사회주의 남자 여자가 따로 없었지만
일제치하에서
왜놈의 주구 노릇을 하던 자들이
해방된 조국에서는 미국의 비호아래
반공이데올로기 충견이 되어
사회주의 독립 운동가들을 탄압하는데
앞장섰기 때문이다

선생에 대한 독립유공자 인정이
2005년에야 이루어 진 것을 보면
어둡고 어두운 반역의 역사를 보는 듯하다

아름다운 이름

사상思想기생이라고 불리기도 한
화류계 명기
만세 부르는 기생이라 놀림과 비꼼이 있어도
민족주의자가 되어 조국 독립을 외쳤고,
뜨거운 눈물 흘리며 세상과 맞서던
정칠성 여사 같은 열사는 아닙니다
더더욱 기꺼이 목숨 바쳤던 수많은
독립운동가도 아닙니다
더욱이 덕자야 영자야 경희야
정답게 부르던 이름도 아닙니다

강릉 관기 8명
초옥, 경선, 신춘, 춘앵, 금선, 월선, 금향, 옥선

그들이 조국이라는 이름 앞에
뜻 모으기까지 얼마나 망설이다
용기를 냈을까요
6환 50전
나라 팔아먹은 매국노들

한 잔 술값도 안 되는 돈이지만
이 돈은 그냥 돈이 아닙니다
그들의 피눈물입니다
온갖 치욕을 견딘 삶의 전부입니다

작은 물방울이 모여
거대한 폭포가 되고 강물이 되듯
그들이 모은 한 닢,
한 닢의 용기가
조국 독립을 염원하는 이름이 되어
오늘도, 강릉 하늘 저 높은 곳에서
반짝반짝 빛나고 있습니다

곽진근 郭鎭根

지금은 갈 수 없는 북녘땅
철원역 주변에서
3·1 만세운동을 주도한 개신교 여전도사

빼앗긴 나라를 찾기 위해
온몸으로 조국 독립을 외치다
모진 고문과 치욕스러운 옥고를
견뎌야 했던 곽진근 여사의 시간이
내 안으로 밀려와
분노가 파도처럼 치밀어 오른다

신도들과 주민 앞에서
독립 만세를 외치는 전도사 그 모습엔
한 치 두려움도 없었다
매국노 이완용이가 박의병 집에 숨어있다는 정보에
"이완용이 이 집에 숨어 있음이 틀림없으니 내놔라
내놓지 않으면 살해할 것이다"[3]

---

3) 한국독립운동 인명사전 곽진근

샅샅이 찾아도 없자

매국노 박의병을 끌고 와 "대한독립 만세를 외쳐"라고

압박할 때 그녀는 어엿한 전사였다

나약하고 우둔한 게 여자라고

남존여비 조롱을 부끄럽게 만든

탁월한 지도력과 강인한 용기,

조국 독립에 남녀가 따로 있을 수 없다며

악랄한 일제 감옥행마저 주저하지 않았던 실천가

조국 독립을 위해 행한 기록은 짧지만

그 정신은 장강 같고

태산 같은 실천적 용기 앞에

오늘, 그 기개를 닮고 싶다

강제형姜齊馨

대나무처럼 곧고 강직한 선생은
의령군 용덕면장 이었다
총독부 하급관리마저 지역민을 수탈하던 때,
선생은 구여순 이화경 정용식 최정학 이우식
김봉연에게 받은 독립선언서에 가슴이 뛰었다
면서기 전용선 최병규를 통해
등사한 수 백매 독립선언서가 수천 힘이 되어
의령 장터는 독립만세 소리로 넘쳤다[4]

이때 의령공립보통학교 학생 3백여 명과
인근 주민이 합세 3천여 명이 시위를 벌였다
의령 하늘이 온통 태극기로 넘치고
대한독립만세 소리가 자굴산을 넘어 하늘을 찔렀다

깜짝 놀라 달아나던 일제주구 경찰과
마산주둔 포병대대에서 파견된
일본군은 총검을 휘두르며 군중을 위협

---

[4] 출처/나무위키 〈한국의 독립운동가〉 강제형

해산, 주동자를 검거했다

주동자로 체포된 선생은

1년 6개월 옥고를 치르고 출감했으나

일제에 대한 울분과 나라를 되찾기 위해 상경

애국동지 의열단에 입단 항일투쟁을 이어갔다

하지만 악랄한 일제 감시망을 피하지 못하고

체포되어 마포형무소에서 2년 6개월간 옥고를 치루고

출감했으나 고문 후유증을 견디지 못했다

선생 나이 서른여덟 살[5]

아깝고도 아깝도다

자굴산이 며칠을 앓아누웠고

의령 하늘이 빛을 잃었다 하니

선생 죽음을 하늘과 땅이 슬퍼함이라

오늘 날 무전리 뒷산 숲처럼 선생 뜻이 자라

의령 하늘을 환히 비추고 있다

---

5) 의령군 공식 블로그 〈마을자랑〉 허만준 강제형 독립지사의 마을 의령읍 무상 무중 무하마을(2021년 9월 24일) https://blog.naver.com/uiryeonginfo/222515407654

박재선朴載善

"합천에서 의령으로 시집가니
시아버지는 홀로 몸을 움직이기 어려웠다"[6]
일제에 당한 태형 때문이었다

시아버지는 의령군 신반장터에서
정주성 황상환 최한규 장용환 김용구 이동호
최영열 박우백 등과 만세시위를 주도하다
태형 60대를 맞았다[7]
하지만, 함께 활동한 최한규 황상환 장용환
세분만 독립유공자로 인정받았다

시아버지의 독립운동에 관한 기록은[8]
함께 만세를 외친 이들과
그 목소리를 들은 산과 강과 들판이 증언하는데
기록이 뚜렷하지 않다는 국가는
어떤 기록을 더 원하나

---

6) 8) 선생의 며느리 정씨의 정언 뉴시스(2020년 8월 3일)자 기사를 그대로 가져
다 시로 썼다.
7) 정주성(징역 10개월 진주교도소), 김용구(진주 감옥 미결 6개월), 이동호(진주
감옥, 미결 6개월, 출옥 직후 사망), 최영열(진주감옥 미결 6개월, 태형90장)
박우백(진주감옥, 미결 6개월, 태형 60장) 선생과 여섯 분은 아직 인정을 받지
못하고 있다.
8)

시집온 뒤 시아버님이

"네 재산이다"하시며 한 보따리 주셨는데

그 안에는 당시 만세운동에 자금을 댄 자료와

김구 선생과 찍은 사진이 들어 있었으나[9]

일경의 눈을 피하고,

먹고 살기위해 타향을 떠돌다 보니

시아버지의 유언마저 잃어버린

저 어둠의 세월

시아버지가 다시 살아온다면

옛다 받아라 하고 던져 주실

그날의 증언 앞에

해방된 조국은 어떤 얼굴로 반길까

---

9) 선생과 관련된 기록은 의령군에서 펴낸 〈내고장 전통〉(1985년)의 '부림면 신반리 의거편', 의령군지편찬위원회에서 펴낸 〈의령군지(상권)〉 '1919년 3월 15일 신반리 독립만세시위'에 박재선 선생을 비롯한 주동자들의 이름과 실형 기록이 실려 있다. 또 1990년 8월 15일 세워진 〈기미삼일운동독립기념비〉에도 박재선 선생을 비롯한 주동자들의 이름이 적혀 있다. 경남지역 항일투쟁 관련 자료에도 나온다. 〈경남독립운동소사(상)〉(1966년, 저자 변지섭)에 박재선 선생의 이름과 의거 내용이 기록되어 있고, 〈부산경남삼일운동사〉(1979, 3.1동지회)에도 같은 기록이 있으며, 〈경남항일독립운동참여자록〉(2001년, 마산보훈지청)도 마찬가지다. 출처/오마이뉴스 2021년 2월28일 〈진실화해위에 '독립유공자 인정' 신청하는 이유〉

김윤생金允生

숨쉬기조차 힘든 조국 현실은
독립운동이 무엇인지도 모르는
어린 선생마저 필요로 했다.

선생은 의령보통학교 3학년을 중퇴하고
소먹이고 땔 나무하는 초목동 이었으나
영리한 머리를 가졌고, 어수룩해 보이는 외모가
이우식 선생의 눈에 띄어
14세 때부터 20세까지 7년간
때로는 스님으로 변장하고
때로는 걸인이 되어
백산상회 지하 비밀 연락 요원으로 활약하였다

선생은 몇 번이나 경찰서에 불려갔으나
일경은 꼬투리를 잡지 못했고
1945년 8·15 광복을 맞이했다
그동안 목숨 건 대가로 이우식 선생에게서
당시 토지 60마지기를 살 수 있는 거금을 받았는데
그 은공을 평생 잊지 않고

백발 팔십 노쇠가 될 때까지
이우식 선생 묘소에 벌초하고 성묘하였다

공의 활동을 증명할 사람이
오래전 부산으로 이사 간 후 연락되지 않고
일경에 고초를 겪었거나, 수감당한 자료가 없어
독립유공자로 인정받지 못하였으니
미력하지만 안타까운 마음 모아
선생께 감사와 기원의 두 손 모은다

의령 여성항일독립운동가

– 이화경, 이원경, 최숙자, 강순이, 구은득

기미년 3월
암울했던 조선은
온전한 조선의 꽃을 피우기 위해
천지가 한 몸 되어 만세 꽃을 피웠다

돈 있는 자 돈으로
글을 아는 자 글로
힘 있는 자는 힘으로
온 나라가 일제에 항거할 때
의義로운 고장 의령, 의병의 후예들도
품었던 태극기 봄꽃으로 피우며
대한 독립 만세 함성 들불처럼 번지는
구국 정신 남녀가 따로 없었다

의령 공립 보통학교 교사
20세 강순이는
학생들에게 올바른 역사와
민족의식 고취 교육 선봉장이 되었고

서울에서 공부하는 구여순의 동생 구은득은
탑골 공원에서 3월 1일에 민족대표들이 모여
조선 독립 선언서를 발표하는 일에
급병 하였다는 꾀병 전보를 보내
오빠 구여순을 서울로 불렀다

구은득과 이종인 이화경은
의령읍에서 부모님의 상점 운영을 돕던 중
은득의 꾀병 때 서울 갔다가 입수한 독립선언서를
양말 속에 숨겨 돌아와 자금 조달을 위해
상점 창고에 있던 돗자리 4, 5백 장을 팔아
구여순에게 자금으로 주었고

민족 의분이 남달랐던
친구 이원경, 최숙자에게 서울 사정을 알리고
구은득, 강순이 등의 여성 동지들과
태극기를 만들고 여성 단체를 조직
3월 14일 의령 장날
봇물 터진 만세운동에 앞장섰다

이들은 모두 체포되어

오랫동안 고초를 겪고 난 이후에도

여성들의 민족정신 고취에 진력하였으니

그 기개 초석 되어

남산 위 푸른 소나무같이

의령 충절의 얼을 지키고 섰다

제 2 부

시 마당

봄날은 간다

거리에 핀 이팝꽃 살랑살랑 놀러 온나 눈짓하는데

뜰에 핀 선씀바귀 무리 너울너울 함께 놀자 손짓하는데

직박구리 한 마리 버즘나무에서 꽃 피었다 같이 놀자 설
렁설렁 노래하는데

노동절에도 공휴일에도 새빠지게 일만 하는, 5인 미만
사업장 노동자들 머리 위에

봄날은 간다

숲

꽃 피는 숲이나
푸른 잎 우거진 숲이나
난 숲이 좋다

불긋불긋 단풍 숲이나
맨살 드러낸 나무 아래
갈잎 쌓인 숲이 좋다

봄여름 가을 겨울
딱새 박새 노래하는,
그 평화가 좋다

바디나물
– 영원한 농민운동가 강병기

전호前胡라는 뿌리가 위 당뇨 감기 기침 천식에 좋다는

사약채 사향채 토당귀 개당귀 야근채 연삼으로도 불린다는

먹고 나서 물을 한 모금 마시면 물맛이 꿀맛이라는

그 바디나물처럼, 만나 보면 달보드레하거나 감칠맛 나는 사람

쉽게 다가서서 편하게 속내를 드러낼 수 있는 사람

자신만 돌보지 않고 남을 잘 보살피는 사람

사랑과 헌신으로 널리 뭇사람을 이롭게 하는 사람

바디나물 같은 그 사람

짚신나물 죽비소리

짚신이나 동물의 몸에 붙어 퍼져나가는
숲 언저리에 사는 흔하디흔한 풀이지만
민초들의 약으로, 선학초仙鶴草, 지선초地仙草로도 불렸어

(그만큼 사람에게 이롭다는 뜻이겠지)

질경이처럼 질겨서 밟히고 밟혀도 주눅들지 않았어

(이제 알겠지)

사람이나 동물이나 풀꽃이나 무엇 하나 깔보고 업신여
기면

못써

남산제비꽃

수줍은 듯 땅을 보고 피어있는 흰 꽃

네 앞에 서면 누구나 몸을 낮추게 된다

본 적도 만난 적도 없는 그 사람

어촌 난포리
먼 항해를 앞두고
옹기종기 항구에 모여 정박한 통통배들
잔파도에 흔들거리며 찰박찰박 파문을 던진다.

또 찾아왔네
본 적도 만난 적도 없는 그 사람을

먼 옛날
이 마을 처녀 선리는 고향 바다에 몸을 뿌리고
한국전쟁 터에서 요절한
스무 살 어느 산골 총각을 따라갔다지
자식 혼령 짝지어 저세상에 잘 살라고
부모님이 태워 준 반야용선*을 타고
살도 닿지 않고 얼굴도 모르는 신랑을 따라
훨훨 노를 저어 신혼살림을 떠났다지

뱃길처럼 왔다 간 흔적조차 없는 그 운명
애잔하여 평생 어머니로 삼았던 숙모

바람으로 부르는 날 소금기에 떠다닐 선리를 찾아가면

뱃머리 오색 깃발이 새색시 저고리처럼 펄럭인다.

꽃잎 역

벚꽃이 도착했다.
내가 올 때까지
기다리고 있겠다던 그 사람처럼

언제쯤 오는지 묻지도 않고
하나 둘 떨어졌을 꽃잎
바람이 불 때마다 뒹굴며 헝클어졌을 그 자리

붉은 노을이 연착을 알리고
발아래 온통 꽃잎을 떨군 벚꽃 나무가
가지를 흔들며
떠나는 기차를 배웅하고 있었다.

무수한 약속이 어김없이 오가는 역에서
잠시 정차했던 꽃잎처럼
무작정 기다릴 수만은 없었던 어긋난 시간과
언젠가는 도착할 거라는 믿음을
이제 더 이상 붙들지 않기로 했다.

달은 무수한 별들과 잠자리에 든다

넋 놓고 일에 빠진 사이 훌쩍 어둠이 들판에 이부자리를 깔았다. 하늘부터 밝아온 아침을 저녁은 또 달맞이꽃처럼 땅부터 서서히 빛을 거두며 하늘을 오므려 어둠을 덮었다. 낮 새소리는 잠자코 저녁 채비를 하는 새들이 산속에서 목소리를 가다듬느라 골짜기를 울리며 밤을 깜깜하게 짜고 있었다. 밭고랑에 누워 굽은 허리를 펴고 하늘을 바라본 순간 달은 이미 무수한 별들과 잠자리에 들어있었다. 가까운 별부터 먼 별까지 궤도를 벗어나지 않게 힘껏 끌어안은 잠자리, 밤이 깊어 가면 갈수록 달과 별 사이에 새 별들을 자꾸 낳는다. 잠시 누운 자리를 털고 일어난 밭고랑 사이마다 머지않아 열매가 별처럼 달릴 수도 있겠지, 밤마다 달과 별 사이를 오가다 보면

수술을 기다리며

툭! 힘줄이 끊어졌다.

어깨부터 무릎 발목까지
하루를 꺾고 내일을 펴는 일이 망가진
병실 사람들

모두
삶의 척도가 절박하게 설정되어
노동의 강도를 이기지 못한 탓이다.

한계를 넘어서지 않으면 채울 수 없었던
할당과 만회
압박붕대를 감은 듯 고비가 저렸는지도 모른다.

생각대로 움직이지 않고
절제할 수 없는 힘을 따라갈 수 없는 삶
균형이 깨진 병

다가오는 저 수술 침대를 타고 가면

찢어진 삶을 꿰맬 수 있을까

수술 통증보다 회복의 막연함이 두려운 시간

링거가 똑똑 수액을 떨구고

곰곰이 생각에 잠기는 동안 나는 정신줄을 놓았다.

오백 원 할머니

세상 구경 간다며
밭에 떨어진 풋감 홍시 주섬주섬 소쿠리에 담아
도시 장에 가는 새댁 뒤를 따라나선
어머니
시장 변두리 다리 위에 전을 펴고
"홍시 사이소, 실컷 먹고 오백 원이요."

시장 사람들이 붙여준 별명
'실컷 먹고 오백 원 할머니'
파장하고 겨우 번 돈 이천 원으로
국수 한 그릇 사드시고 집에 와서도 후회가 없었다.

한여름 풋감이 툭 툭 떨어질 때
마산 회산다리에 가서 한참 서성거리다 보면
아무도 좋아하지 않는 풋감 홍시
하루 종일 팔고 있는 어머니가 어른거린다.

어디쯤 앉아 홍시를 팔았을까
홍시를 다 팔 동안 얼마나 배가 고팠을까
먼 세상 구경 가신 어머니

다시 피는 꽃

잎이 지고 나서야 알았네
한 번 꽃피고 마는 생은 없다는 걸

몽클몽클 작은 네게서
알알이 가득 찼던 고소한 날들
향기 넘치는 날들이 어찌
가을뿐이랴

빈꼬투리로 남은 네게서
여름의 향기를 맡는다

겨울에도 아름다울 수 있는
내 노년의 꽃을 본다.

꽃이 진다고 슬펐던 날들
꽃진 자리를 기억하라

다시 피는 꽃

대신 쓰는 시

시가 그리워 애타는 밤
마음이 머리채를 잡고 놓아주지 않는 문구들

안개
어젯밤 초승달이 흘려놓은 치맛자락
단어들은 제각기 떠돌고 한숨 짙은
새벽이 열어준 아침

시는 창밖이 쓰고 있었고
나는 껍데기 수북한 밤의 속살에
가슴만 묻었네

소풍전야

무슨 꽃이 그리도 많이 피었을까
까만 하늘만큼 내일이 넓네
무한으로 별이 뜨고 꽃봉오리 폭죽처럼 터지고
비는 내리지 않았네

부모 가시고 나면 불효자가 제일 많이 운다는데
만장 같이 펄럭이는 나무들
울 할머니 떠나던 날 내 눈자위가 짓물렀던 이유처럼

너를 잃고 너무 깊이 앓았거나 너무 울지 못해서
나는 자주 너랑 산다.
그 이별의 말 한마디 하지 않았던 너의 무례함

그 사랑의 기억이 귓바퀴를 벗어나도록
네가 하는 말을 들을 수 있도록

소풍전야 별은 빛났고 꽃은 마구 피어났다.

아, 아, 아

세 살 바기 우리 우재는
몸말로 안되는 게 없다

아 아 손짓 하나로
먹고 싶은 것 갖고 싶은 것 다 한다
아 아 엉덩이를 만지면 기저귀를 갈아 달라는 것이고
손가락 하나만 까딱하면 먹고 자고 다 한다.

아, 아, 아....
그 태초의 언어
강아지도 고양이도 송아지도
나무도 풀도 꽃도
가만히 귀 기울이고 눈동자를 가슴으로 봐봐

모든 말들 다 들을 수 있을 테니
이토록 충만한 소통의 우주에서 살 수 있을 테니

홍시

두 살 우재와 가을 아침 산책길
김선생집 마당에 떨어진 감홍시
모래도 숭숭 박히고, 지푸라기도 묻은
홍시를 주워 툴툴 털어내고
반투명 다홍색 속살을 발라 주니
맛있게 받아먹는 도시 사람 우재

그 장면을 보고 충격이 컸다는
도시 사람 김선생 부부

가을만 되면 마당에 떨어진 홍시 치우느라
애먹는다는 그네는
이제 떨어진 홍시를 볼 때마다
내 생각나서 주워 둔다네

홍시 한 알의 추억에 빨갛게
도시 살던 그네들에게서 익어가네

한통의 전화

이른 아침 끈적한 잠 털어내는
전화벨이 울린다

조금 전 서둘러 출근한
아내의 깜빡증인가 싶었는데
옆 집 아저씨였다
아침 일찍 전화를 할 땐
분명 급한 사정이겠지

며칠 동안 멀리 나와 있어
문 앞 신문을 좀 챙겨 달라 한다

전화를 끊고
왜를 곰곰 생각해보다
집이 비어있다는
그 흔적들 지워달라는 말씀

서로 믿고 살기 어려워진 요즘
그래도 나를 믿고

집을 통째로 맡겨주시다니

출근길이 즐겁고 상쾌한 아침이다

개꿈

점심을 먹고 작업장으로 들어서는데
기계 옆 의자에 앉아
안경을 낀 채 잠들어 있는 동료
남들 보다 잔업 특근
몸 아끼지 않고 더 많이 챙겼는데
얼마나 피곤했으면 싶다

우리 같은 작은 공장 노동자들
민생고 해결을 물고 파닥거리다
먼저 골병들겠다 싶은

얼마나 피곤했을까
맛있게 자는 꿀잠 깨울 수 없어
위험한 안경만 살짝 벗기려는데
어라 눈을 떴다

아니 안경이 위험해 보여서
잠 깨워 미안하네
아 형님 일부러 끼고 잤습니다

왜

얼마 전 로또 꿈을 꾸었는데

제가 눈이 너무 나빠

그 번호가 잘 안보여서

헐

재채기

서울 큰동서의 부고를 갑자기 받고
아내와 서울행 비행기를 탔다
김해공항을 이륙해 조금 속도 낼 쯤
기침이 나올려 했다
코로나 감염되면 죽는 줄 알았던
그때가 코로나 초기시국
참고 또 참고 참았다
얼굴이 터질 것 같아 그만
에취 하고 뿜어낸 소리에
탑승객들 시선이 내게로 확 쏠렸다
고개를 흔들며 아니라 했다
얼마간 조용하더니
하 또 조짐이 온다
아내가 꾹 참아봐라 했지만
눈치도 없는 것이
이게 또 사정없이 토해냈다
에취
잘 발달된 반사 신경처럼
탑승객 시선들이 동시에

내게로 퍽 꽂혔다

아마도 그날 재채기가

사람 여럿 잡았지 싶다

요양병원

어머님을 요양병원에 모시기로
가족들 의논이 결정된 날
옛 고려장 같은 불효 생각에
새벽이 깊어지도록
아픈 가슴 위로 술을 삼켰다
내가 너무 몰상식한 자식인가
내가 너무 잔인한 인간인가

코로나로 비대면 면회를 했다
밥은 잘 자시고 계시냐고
몸은 좀 어떠시냐는 물음에
너는 어떠냐고 되물어 오신다
저는 회사 잘 다니고 괜찮다고 하자
너 괜찮으면 난 괜찮다 하신다
어머님 앞에 무슨 사족이 필요하랴

그 고운 손은 앙상해져 있고
그 고왔던 얼굴 대신
싹을 틔우기 위해

속을 다 비운 씨고구마 같은

식사 잘 하셔야 한다며 일어서자
고향집 오르는 길 비슷한
요양병원 맞은편 길을 가리키시며
저기 올라가면 집인데
식사라도 하고 가시라 한다
그 소릴 듣는 순간 가슴에서
팽팽한 뭔가가 툭 끊어지는 소리
아 어머님

봄

창문을 열자
거부할 수 없는 힘으로
불쑥 밀고 들어오는 당신

회색 공장건물에 갇혀
겨우내 최저시급에 움츠려있던 마음
재계약과 시급인상 되었다는 소리에
찌릿 쿡 찔려 감전된 것처럼
잠시 넋을 잃게 만드는

열심히 살아오면서 힘들 때마다
시린 가슴으로 쟁여놓았던
내뱉지 못한 말들 잊어버리게 하는

당신의 향긋한 입김에
불끈 솟아오르는 이 피돌기
몸이 먼저 옷을 벗고 있다

퇴촌댁

증조할머니를 엄마라 불렀고
할아버지 딸로 호적에 올랐고
삼촌이 오빠가 되고
엄마는 기억하지도 못하는

민간인학살사건으로
본적도 없는 아버지
유복자로
73년 한을 가슴에 품고 살아온 사람

아내에게

구름이 음표처럼 흘러가듯이, 나무가 서로 합창을 하듯이

간혹 구름이 먹구름으로 변하고 나무가 잡은 손을 놓치더라도

또, 아침이 오듯 음표처럼 합창처럼

살아갈 내일의 손을 꼭 맞잡는

벚나무는 바쁘다

집 앞 가로수 벚나무는 참 바쁘다
어제 꽃 피었다 생각했는데

벌써 꽃 떨어졌다

서둘러 나선 길
달리는 차 뒤꽁무니에서 떨어져 나가는 꽃잎이
어지러운 꿈처럼 난자한 아침

확 피었다
확 지고 마는 벚꽃처럼
언제 꽃이 피고
언제 꽃이 졌는지 모르고 사는
내가 한심하다

길옆에서

길을 걸으면서도 나는 길을 모른다

봄 여름 가을 겨울

피었다 지고 다시 폈다 지는 꽃들처럼

오늘도 길을 걸으면서도

나는 여전히 길을 모른다

노인쉼터를 나오다가

학대 받은 할머니
독서심리 치료 수업 하고 나오는 길

외동아들 술주정에 몸 성할 날 없고
몇 달 뒤 쉼터 나가도 갈 곳 없다는 말씀
한 숨과 한 숨으로
먹먹한 마음 추스르며 걷는데

길 옆 은행나무
갓 피어난 새순 하나

옹이 옆에서
파르르 파르르

천생연분

아직,
아버지 사십 구제도 지나지 않았는데
어머니가 중환자실에 누웠다
뇌출혈이란다
"어머니 머리 두어 번 충격을 받았네요"
그때서야 목욕탕가서 넘어졌다 하신다

자식 놈 걱정 끼칠까봐
말하지 않았다는 어머니를 앞에 두고
나는 천 길 낭떠러지 앞에 서서
또, 무너진다

수술도 잘 됐고
상처부위도 잘 나았다는 데
간호사 하는 말
뭐든 퍽퍽 잘 좀 드시면 좋을 텐데
통 드시질 않으니 걱정이란다

육십년 넘게 함께 걸어온

아버지 먼저 보내고
무슨 생각을 하고 계시는지
속 시원히 말 한 마디 없으시니
덜컥, 겁이 난다

"아버님 어머님 아픈 것까지 천생연분이시다" 며
툭 내뱉는 아내의 말에

웃어야 할지
울어야 할지

문턱

문턱이 너무 높았던 것일까

쓰러지시던 그날부터
6개월 동안 중환자실을
벗어나지 못한 아버지,

생사 갈림길
누구나 스스로 넘어야 하는 것을
자식 놈이 어떻게 해줄 수 없었다

안타까움과 슬픔만 가득 찬
임종면회를 하고
장례식장으로 모셨지만
무의식상태,
그 어떤 유언도 남기지 못하고

문턱이
어떨 때는 너무 높아 다가서기 어렵고
어떨 때는 너무 낮아 쉽게 지나쳐 버리는 것을

너무 늦게 알았다

공룡능선

누가 뭐라 해도
설악의 비경은 공룡능선이다

마등령에서 무너미고개까지
한번 들어서면 옆으로는 탈출구가 없는
천 길 낭떠러지 백두대간 마루금이다

나한봉, 큰새봉, 1275봉, 신선대까지
높고 낮은 봉우리을 헉헉거리며
오르고 내려서야 하는

많은 등산객들이
쉬 들어서지 못하는 까닭도
장시간 산행과 체력적 부담만이 아니다
가보지 않은 세계에 대한
두려움 같은 것인지도 모른다

살아 굼틀거리는 공룡,
대청봉을 향해 나아가고

중청, 소청, 봉정암, 적멸보궁
용아장성, 울산바위, 속초 앞바다
권금성, 화채능선, 서북능선
귀때기청봉까지
설악이 한눈에 들어온다

공룡의 등뼈가 만경대다

내가 보는 세상도
아름다운 비경 절정에 다다르듯
환해지기를 빌어본다

귀때기청봉

설악의 대청, 중청, 소청한테
귀싸대기 얼얼하게 얻어맞았다고

바람이 엄청 세서 귀때기가 날아간다고

그저,
바람도 귀싸대기도 다 내려놓고
청봉 하나를 꿰찼으니
설악의 서북능선을 차지하고 섰다고

힘겨운 너덜지대를 지나야
바람도 가벼워지는 것인지도 모른다

세상은 귀싸대기 얼얼하게
얻어맞지 않기 위해 악을 쓰며
저마다 앞가림하기 위해
우린 오늘도 욕심의 주먹을 쥐고 있지나 않을는지

나는

바람도 귀싸대기도 다 내려놓지 못해

귀때기청봉에 서서
사정없이 귀싸대기를 때리는 바람을 맞으면서도
쥔 작은 주먹조차 쉽게 펴지 못한다

용아장성

설악이 빚어놓은 절경
이디 여기뿐일까 마는

하늘을 북받치고 치솟은 바위들
아찔하고 날카로운 것 일수록 절경이다

아무도 근접하지 못하는
난공불낙, 용의 이빨

오르고 싶은 마음 왜 없을까 마는
산행 통제구역,
한발 떼어놓는 순간 허공이다

세상 눈높이로 기를 쓰고
비경의 여의주, 가지려 오르고자 한다면
용의 이빨위에 나를 뉘어야 한다

"흐흐흐"
봉정암 적멸보궁 부처님이

너털웃음을 웃고 계신다

아뿔싸,
욕심과 욕망 모두 꽝이다

질경이

시내버스 정류소 간이 의자 밑
보도블록 틈새로 질경이가 자라고 있다
버스가 서고 출발해도
아무 상관 없다는 듯 무심하다

무슨 목적이 있어 사는 것은 아니라고 했다
희망이 없는 삶은 삶이 아니라 했는데
그냥, 살아지니까
살아내는 거라는 말에 희망은 없었다
자폐증을 앓고 있는 아들을
혜림학교에 그만 보내야겠다는
운규 엄마 말이 귀에서 떠나지 않는다
버스를 기다리며
금방 잊고 사는 게 삶이라고
다들 그렇게 산다고
심각하게 고개 끄덕이지 않기로 했다
오늘은 운규 엄마에게 전화라도 해 봐야겠다
하루 일을 마치고 현관문을 열고 들어서는데
집 안이 깜깜하다

스위치를 켜도 형광등에 불이 들어오지 않는다
어디선가 구급차 소리가 요란하다

여름 소나무

국도 7호선을 따라
고향 강릉을 가다 보면
오른쪽엔 푸른 파도가
왼쪽엔 푸른 산이
내 가슴을 가만 놓아주질 않는다

푸른 파도는 그대로인데
화마가 할퀴고 가 산은
여기저기 상처가 깊어
애써 고개를 오른쪽에만 두고 있는데

소나무들이 전부 이상해요
단풍 든 것 같아요
한 꼬마가 창밖을 보더니
엄마를 향해 소리친다
전화기를 붙들고 있던 엄마가
불쑥 내뱉는다
여름 소나무라서 그래

여름 소나무

이 말이 전화를 끊지 않고 있는

아이 엄마의 입 밖을 나와

반쯤 타다만 숲을 활활 태우고 있다

어쩌다

한 번도 만난 적 없는
일명 잘나가는 시인의 집에 가게 되었다
시를 쓰면서 시와 삶은 같아야 한다는
생각을 늘 품었는데
소위 잘나가는 시인은 어떻게 살까
시인의 삶이 작품과 같겠지 이런 생각으로
들어서자 사방이 책이라 탄성이 절로 나왔다
책으로 둘러싸인 거실이며 베란다까지
책만 가득했다
이 정도는 책을 읽고 시를 써야
시인이지 싶어 부러웠다
그런데 베란다에 나가 있는 책들은
모두 거꾸로 꽂혀있었다
그중에는 지난 여름호에 어쩌다
내 원고가 실린 계간지도 보였다
책 구경을 하며 슬쩍 물어보니
시답잖은 것들이라
때 되면 모두 버릴 것들이라고 했다
그 말을 듣고는 거꾸로 꽂혀있는

계간지를 빼낼 수가 없었다

공감력

에어컨 없는 우리 집에는
끈끈하고 무절제한 생활을 강요하는 침입자가
여름이면 낮이나 밤이나 안개처럼 스며들어
제집 인양 버티고 산다

소나기라도 좀 쏟아지기를
기도 아닌 기도를 하기도 했지만
마치 폭포처럼 갑자기 쏟아붓는 비에
무자비하고도 잔인하게 생을 쓸어버린
난감한 여름

'퇴근하면서 보니 벌써 다른 아래쪽 아파트들은
침수가 시작됐더라. 주무시다 그랬겠구면,
왜 대피를 못 하셨을까'
세 명이나 숨진 이유를 도통 모르겠다며
심심하게 고개를 젓는 위정자

쏟아진 물이 순식간에 차오르는 반지하 방
꿈쩍도 하지 않는 현관문 앞에서 느꼈을 그 두려움

끝내 세 명의 목숨을 앗아간 그 현장에
구두를 신고 우산을 든 사진 한 장을 남긴
위정자 머리 위로 굵은 장마전선이
으르렁으르렁한다

선풍기를 끌어안고 뉴스 검색하는데
게릴라성 폭우나
집중 호우에도 끄떡없는
지하나 반지하가 아니라
얼마나 다행인가 싶다가도
이런 당혹스러운 뉴스 앞에
웃어야 하나 울어야 하나
등골이 오싹하다

바다

파도가
굼실거리다 사그라드는
낮은 모래언덕

누군가 걸어간 흔적들이
노인처럼
바람에 지워지는

모래 위에는
사라진 발자국이
겹겹 파도처럼 쌓인다

바다를 떠나지 않고
바다를 떠나는
사람들 숨소리가 모여
작은 파도가 된다

중심은 외롭다

한 번도 중심에 서 보지 않은 나는 중심이 있는지조차
모른다 변방은 나의 요람 나는 이곳에서 영영 쫓겨나지 않
을 것이다

동백꽃

이곳에 절망의 언어는 없다
오직 내일이라는 희망의 요설뿐
불꽃이 불꽃을 낳는 공장에는
아이 울음소리는 없다
오직 들리는 것은 비명뿐
누가 손을 잡아주기라도 하면
그 손은 손이 아니다
누가 따뜻한 말을 건네기라도 하면
그 말은 말이 아니다
동백꽃이 뚝 떨어지는 것을 보고
시인은 시를 쓰지만
동백꽃보다 붉게 피어나는
핏빛 언어를 앞에 두고도
공장에서는 시가 되지 않는다
핏빛 낭자한 저 꽃 앞에서
시름시름 시들어가는 저 꽃 앞에서
누가 시를 쓸 수 있나
절정에 다다른 몸짓으로
툭 떨어져야

경기驚氣를 하듯 시를 쓰지
동백꽃보다 붉은 저 내일이라는
언어 앞에 눈감고 귀막은
시인을 보라

꿩

노동자에게 삶과 죽음은
종이 한 장 차이
때와 장소가 따로 있는 게 아니다
대문을 지키는 개의 눈동자
논밭을 가는 소의 숨소리
마주보고 선 검은 그림자를
알고도 모른 채 하는 지
정말 몰라서 모르는 지
그걸 누가 알까
아침이면 반갑다 인사를 나누고
작업장 문을 힘차게 열어 재끼지만
더는 볼 수 없게 되거나
내일 다시 퀭한 눈으로 마주서거나
누가 이 시간을 정의하랴
내일이 먼저 올까
저 세상이 먼저 올까* 모르면서
눈 딱 감고 외면한 이유가
밥 때문이라면
도망치다 대가리를 땅에 처박고

사냥개로부터 몸을 숨겼다 안심하는

꿩에게 물어보고 싶네

*티베트의 속담

모두의 청춘

눈물의 세월이라 말하지 말자
눈물의 밥이라 말하지 말자
걸어온 발자국이 보이지 않는다
그림자 인생이었다고 말하지 말자
잡아도 잡히지 않는
하루였다고 말하지 말자
아직 갈 길이 청춘이다
넘어야 할 산이 몇 개이고
건너야 할 강이 몇 줄기인지 모른다
아이들은 눈동자가 새까맣고
아내는 여름 소낙비 같이 젊다
무엇을 두려워하랴
지난 세월은 눈물의 세월
눈물의 밥
그림자 인생, 나는 어디에도 없지만
어디에도 있다
묻지 말고 나아가자
눈물의 밥이 기다린다 해도
내일은 나의 내일

당신의 내일
모두의 청춘

거미집

한 번 발을 들이면
밤낮 벗어날 수 없다
밤에는 별빛하나 내리지 않고
낮에는 해도 눈감지 않고
물 한 모금 마시고 쳐다볼
하늘은 어디에도 없다
평상에 누워 헤아리던 별무리들은
할머니와 함께 사라진지 오래
이곳에는 오로지 들고 내리고
자르고 굽히고 붙이고 떼고
칠하고 조이는 것이 유일한 탈출
오늘과 내일이 따로 없는
오직 한 길 직진만이 있을 뿐
이곳에서 마술처럼 하루가 사라지는 경험을
열다섯 살 때부터 해 오고 있다
첫 발을 들인지 40년이 넘었지만
40년은 어디에도 없다
하늘에 별을 헤아리지도
바람을 따라 걸어보지도 않았는데

나는 나를 잃어버리고도
찾을 생각이 아직은 없다
나를 찾는 순간 배가 고프기 때문이다
나와 같은 이들이
수천만 명이나 된다하는데
자신을 찾았다 하는 이는
한 명도 없다

산다는 것은

배가 고프다

친구가
심정지로 대학병원 중환자실에 있다는 비보를 듣고
놀라움에 숨이 막히면서도
아파트 8층 사는 이가
뛰어내렸다는 이야길 나누면서도
잘 차려진 밥상 앞에서
허기를 느낀 위장은
군침을 흘린다

깻잎과 상추에 마늘 고기 한 점
차곡차곡 작은 육즙 하나 새지 않게 말아서
입으로 밀어 넣고
친구의 심정지와 모르는 8층의 투신을
함께 잘근잘근 씹으며
허기를 채운 뒤에야
허기 앞에서는 어떤 죄도 무죄라며
어설픈 자위를 해 보지만

살아 낸다는 것은

육신의 허기에

수시로 비열과 위선 앞에서도

보이지 않는 무릎 꿇고

수치심을 외면하는 일이다

평등한 공생

고속도로를 꽤 빠른 속도로 달리는데
차 안 백미러에 가물거리던 별빛
유성처럼 스쳐 간다

순간 따라잡을 수 없는 속도를 느끼고
잘 달리던 나는 의기소침
무엇인지도 모르는 박탈감으로
여유를 잃고 휘청

어떻게 살아야
뒤처지지도 않고
앞지르며 누군가의 의지도 꺾지 않고
살 수 있을까

애초에
사람살이에서
평등한 공생은
불가능한 구호

그러함에도

주먹 불끈 쥐고

앞지르는 이와 뒤처지는 이

누구와도 맞출 수 없는

엇박자 발맞추기를 하며

평등의 구호를 외치는

당해도 싸다, 나는

길고양이 맛집으로 소문 난
우리 집 마당에
보드랍고 하얀 털을 뽐내며
도도함의 극을 자랑하던
푸른 눈의 페르시안 고양이가
누더기 차림으로
애원하는 눈빛을 보낸다

먼 여행의 흔적에 흔들려
먹이를 주고
예전의 행색을 찾아
구걸이라도 쉽게 하라고
한 시간을 씻겨도
엉킨 털은 펴지지 않아 씨름하는데
저도 지쳤는지 짜증의 입질에
손가락이 뚫렸다

수고에 보은을 바란 것은 아니지만
아린 손가락으로

항생제와 파상풍 주사를 맞고 나오는데
제금 없는 마음은 사라진
페르시안 여행객 걱정

엄마 손

꽃다운 열아홉은 쭉정이 여든다섯

오래전 쓰일 곳의 날카로움을 잃고
버려진 연장들같이
삐뚤어지고 성글어진

황무지에
호미가 되고 쇠스랑이 되었다가
닳아버린

곧 흙이 될지라도
흙 속에서 건져낼 내일을 뿌리는
갈고리 같은 그 손에
채마밭 한 움큼 앉으면
지천명의 중천을 지나는 나는
먹이 받는 새끼 새 되어
아—

처음 물었던 젖꼭지

다디단 그 맛

달

가끔 지나는 구름을 원망하며
합장하는 이들의 기원을
부드러운 얼굴로 들어 주지만
성취는 내 몫은 아니었지

가끔은 먼 곳에서 최선을 다해
반짝거리는 별들을 무시하기도 하며
잔잔한 호수에 뛰어들어
말끔함에 자아 도취하기도 하고
얕게 흐르는 냇물 우습게 보고 달려들었다가
일그러지는 고통을 겪기도 했지

먹구름 안에서도
빛을 잃지 않았지만
소멸해가는 자신을
원망하면서

애써, 밤을 밝히려 했다

독립운동가 연보

강달룡姜達龍 (1888~1940)

강달룡은 1888년 5월 5일 경상도 진주목(현 경상남도 진주시 계동·봉곡동)의 평민 가정에서 태어났다. 1919년 그는 3.1 운동이 서울에서 발발했다는 소식을 듣고 진주에서도 만세시위를 전개할 것을 계획하고 실행에 옮겼다. 이 때 주동자로 체포되어 징역 2년 6개월 형을 선고받고 복역하였다. 출소 후 1922년 10월 조선노동연맹회朝鮮勞動聯盟會 상무위원에 취임하였고, 1925년 제1차 조선공산당 사건으로 조직이 와해되자 제2차 조선공산당 조직에 착수 고려공산청년회 책임비서 권오설 등과 함께 권동진의 천도교와 유억겸 등의 기독교세력, 안재홍 등의 비타협적 민족주의자들과 접촉하여 반일민족통일전선 결성을 시도하였고, 그러던 중 4월 26일 순종이 붕어하자 인산일인 6월 10일에 만세운동을 일으킬 것을 비밀리에 계획하였다. 그러나 이를 준비하던 과정에서 일제 경찰에 의해 대한독립당 명의의 '격고문' 인쇄물이 발각되면서 제2차 조선공산당 사건으로 발전, 당조직은 또 와해되기에 이른다. 일제 경찰은 6월 7일 권오설을 검거하여 모진 고문 끝에 조선공산당 책임비서가 강달룡이라는 사실을 밝혀낸다. 강달룡은 한동안 경성부에서 아이스크림·바나나 상인으로 위장하여 도피생활을 하다가 7월 17일에 종로경찰서에 검거되었다. 그후 강달룡은 모진 고문을 받고 1928년 2월 13일 경성지방법원에서 소위 치안유지법 위반 혐의로 징역 6년형을 선고받고 서대문형무소에 투옥되었다가, 이후 대전형무소에 이감되었으며 옥중에서 고문후유증으로 인한 정신질환을 얻어 1933년 9월 18일 다소 일찍 석방되었다. 출옥 후에도 그에 대한 일본 경찰의 삼엄한 감시는 계속되었고, 특히 옥중에서 얻은 정신질환으로 고통받았다. 결국 1940년 7월 12일에 별세했다. 대한민국 정부는 1990년 강달룡에게 건국훈장 애족장을 추서했다. (출처) 더 위키

강병창姜炳昌 (1898~?)

1946년에 결성된 좌익 세력의 통일전선체인 민주주의민족전선民主主義民族戰線 중앙위원을 지낸 강병도姜炳度의 형이다. 서울의 중동학교(중동고등학교의 전신)를 중퇴하고 일본의 니혼대학日本大學 경제과에 입학하였다. 1922년 조선노동동맹회 일본지부 결성에 참여하였으며, 1925년에 조직된 도쿄 유학생의 사회주의 사상단체인 일월회—月會에 가입하였다. 1926년에는 합법적인 사회주의 단체인 정우회正友會 상무집행위원에 선임되었으며, 1928년 제3차 조선공산당 검거사건 때 치안유지법 위반으로 체포되어 1930년 경성지방법원에서 징역 3년 6개월을 선고받고 서대문형무소(구서울구치소)에 수감되었으며 1932년 7월 백남표白南杓 · 이정권李正權 · 홍태용洪泰容 등과 함께 만기 출감하였고, 1945년 10월 경상남도인민위원회 산업부장에 선임되었다. 2005년 3월 1일에 건국훈장 애족장이 추서되었다. (출처) 두산백과 강병창

강제형 姜齊馨 (1888~1926)

강제형은 1888년 3월 28일 경상남도 의령군 용덕면 죽전리에서 태어났다. 1919년 3월 무렵 용덕면 면장을 맡던 그는 구여순, 이화경李華卿, 정용식鄭容軾, 최정학崔正學, 이우식李祐植, 김봉연金琫淵 등으로부터 독립선언서를 등사해 줄 것을 요청받자 흔쾌히 승낙한 후 면서기 전용선, 최병규 등에게 면사무소의 기재를 이용하여 수백 매의 독립선언서를 등사하도록 지시했다. 이윽고 3월 14일 오후 1시, 그는 군중과 함께 의령 장터에서 독립만세를 외쳤다. 이때 의령공립보통학교 학생 3백여명이 가세하였고, 인근의 주민들이 계속 모여들어 시위군중은 점차 3천여 명으로 늘어났다. 이에 그는 군중과 함께 장터와 읍내를 행진하고 경찰서 앞에 이르러 독립만세를 외친 후 자진해산했다. 이튿날, 그는 다시 의령향교 앞에 모인 1,500명의 군중과 함께 비가 내리는 와중에도 경찰서와 군청을 행진하며 만세시위를 전개했다. 이때 이화경, 이원경李源卿, 최숙자崔淑子, 강순이姜順伊의 주동하에 여성들도 합세했다. 그러나 마산 주둔 일본 포병대대에서 파견된 8명의 일본군과 현지의 일본 경찰이 총검을 휘두르며 군중을 위협하여 해산시키고 주동자를 검거하기 시작했다. 이때 그도 체포되었고, 진주재판소에서 징역 1년형을 선고받고 대구형무소에서 옥고를 치른 뒤 출옥했지만 고문의 후유증을 이기지 못하고 1926년 10월 24일에 사망했다. 대한민국 정부는 1980년 강제형에게 대통령표창을 추서했고 1990년에 건국훈장 애족장을 추서했다. (출처) 나무위키 〈한국의 독립운동가〉 강제형

곽종석郭鍾錫 (1846~1919)

경남 산청군 단성면 사월리 초포마을 생. 한말에 호남의 전우田愚와 쌍벽을 이룬 대표적 유학자이며, 파리장서의 민족대표. 어려서부터 유교 경전은 물론 도가와 불가의 경전을 섭렵한 뒤, 주자학 공부에 전념하여 20대 초반에 이미 학자로 명성을 떨침. 일본이 명성황후를 시해한 을미사변과 단발령으로 각지의 유생들이 의병을 일으켰을 때, 각국 공관에 열국의 각축과 일본의 침략을 규탄하는 글을 보냄. 1905년 을사조약이 체결되자 조약의 폐기를 주장하며, 조약체결에 참여한 오적五賊을 처단하라는 상소문을 올림. 1919년 3·1운동 뒤 영남과 호서 유생들의 연서를 받아 파리강화회의에 한국의 독립을 호소하는 장문의 호소문을 작성하여 김창숙金昌淑을 통해 상해를 경유하여 발송케 했다(파리장서사건) 이로 말미암아 대구에서 재판을 받고 2년형의 옥고를 겪던 중 병보석으로 나왔으나 이내 사망함. 저서로 〈면우집〉이 있으며, 죽은 뒤 단성 이동서당, 거창 다천서당, 곡성 산앙재 등이 그를 기념하여 세워졌다. 1963년 건국훈장 국민장이 추서되었다.

곽진근郭鎭根 (1869~1940)

강원도 철원군 철원면 관전리에서 태어났다. 1919년 당시 58세로 기독교 여성 전도사로 활동하공 있었다. 당시 전도사였기에 신도들을 이끌고 적극적으로 만세 운동에 참여했다. 철원헌병분대로

몰려간 500여명의 군중이 독립만세를 외쳤고, 철원군청으로 행진했다. 또한 친일파 박의병의 집에 이완용이가 숨어 있다는 것을 알고 이완용이를 내 놓지 않으며 살해할 것이라고 소리치며 집안 곳곳을 수색하였다. 헌병들에게 검거되어 1919년 소요 혐의로 징역 6개월 형을 언도 받았다. 대한민국 정부는 1995년 대통령 표창을 추서했다. 만세운동에 참여 한 여성들 중에 최고령의 참여자로 집중 받기도 했는데 사진이 없어 얼굴 없는 전사로 알려지기도 했으나 2019년에 경성성서학원에서 공부할 때 사진이 발견되었다고 한다.또한 곽진근 여사의 출생과 사망월일이 미상이었으나 1940년 8월 72세로 밝혀졌다.(강원도민일보 2015. 08. 03), (한국독립운동 인명사전)

김윤생金允生 (1925~2009)

아버지 김석영과 어머니 배일순의 장남으로 1925년 의령읍 동동리 933번지에서 태어났다. 2009년 9월 19일 의령읍 동동리 자택에서 향년 85세로 기세棄世하였다. 위 내용은 2006년 늦가을 남저 이우식 선생의 산소에서 김윤생 공과 고인이 되신 의령향토문화연구소장 연곡 전철수 공이 나눈 이야기를 그대로 기록하였다. (출처 : 의령의 항일 독립 운동사

남남덕南男德 (1911~1990)

경남 창녕군 남지면 남지리 출생. 1920년 경 집안문제(축첩, 이복형제간 갈등 등)로 가출하여 일본 동경 성석城石 고등학교에 입학 2학년 자퇴.(보수적이며 엄격한 규율이 따분했다는 이유라 했음) 1928년 귀국 후 결혼과 이혼을 반복하다 새로운 사회 새로운 사상 새로운 삶을 위해 일본 중국 시베리아로 유랑하다 1935년 10월~1938년 2월 사이 이종필에게 소련의 사회제도를 찬양하고 조선의 독립과 공산주의 실현에 매진할 것을 종용받고 조선의 독립과 공산화를 목적으로 실천 활동을 하다 1938년 2월 검거되었다 기소유예로 풀러남 1939년 가을에서 1940년 봄 사이 이순근과 결혼.(1944년 이혼) 2020년 1월 30일 선생의 독립운동에 지대한 공적을 기려 대통령표창 서훈을 받음. (출처) 후손 이정하의 자료에서

배재황裴齋晃 (1895~1966)

경상남도 진해의 개통 학교와 계광 학교 고등과를 수료하고 상경히서 김성 청년하교 중하괴를 졸업하였다. 주시경周嗚이 한급하교에서 국어학을 공부하였으며, 19세에 고향으로 내려와 계광 학교에서 교편을 잡았다. 1919년 3·1 운동이 전국으로 확산되자 승복僧服으로 혹은 노동자 차림으로 위장을 하고 서울에서 등사기

를 구입하여 김해를 거쳐 진해로 넘어와 이두용李斗用의 집에서 계광 학교 교사 주기용朱基瑢, 허전許銓 등과 함께 독립 선언서와 태극기를 만들고 1919년 4월 3일의 '웅동 독립 만세 운동'을 준비하였다. 웅동 만세운동 후 배재황은 조직적 투쟁을 계획하였지만 몸이 쇠약해져 실천에 옮기지는 못했다. 1931년 봄 김해군 진영에서 일본인 박간迫間이 경영하는 농장에서 소작료 인상 문제로 쟁의가 발생하자 이에 소작 쟁의 투쟁에 나섰다. 이를 계기로 1934년 진영으로 이주하여 농사를 지으면서 일본인 지주와의 소작 쟁의 투쟁에 적극적으로 나섰으며, 농민 조합을 설립하는 등의 농민 운동에도 힘썼다. 1945년 8·15 해방을 맞아 배재황은 진영에서 한글 강습소를 열었으며, 건국 준비 위원회에 참여하고 '미소 공동 위원회' 경상남도 대표로 참가하는 등 활발히 활동하였으나 좌경左傾으로 낙인찍혀 사회 활동을 접고 말았다. (출처) 한국향토문화전자대전

배중세裴重世 (1893~1944)

배중세는 1895년(고종 32) 12월 18일 지금의 경상남도 창원시 상남동에서 아버지 배기홍裴基洪과 반남박씨 사이의 장남으로 태어났다. 15세 되던 1910년에 김해김씨 김달근金達根의 딸과 결혼했다. 1919년 3·1운동 당시인 4월 3일 진전면 독립만세운동을 주도적으로 이끌어 경찰주재소를 습격하기도 했다. 하지만 일제가 독립운동가를 검거하기 시작하자 그 해 5월 독립운동을 위해 중국 만

주 길림성으로 건너갔다. 1919년 11월 길림성에서 김원봉·황상규·한봉근 등 12명의 동지와 함께 의기투합한 뒤, 만세를 부르는 소극적 운동보다는 강력한 힘으로 일제의 침략 근거지를 부수고 침략자와 일제의 추종자를 처치해야 한다는 김원봉의 주장에 따라 비밀결사단체인 의열단을 조직했다. 처음 조직된 기간 단원은 배중세를 비롯해 13명이었으며, 김원봉이 단장이 되었다. 이후 행동준비를 위해 곽재기·이성우와 함께 폭탄제조법 등을 그해 겨울까지 연구·습득했다. 1920년 3월부터 의열단의 본격적인 활동이 시작되어 폭탄 및 무기를 구입하여 국내로 운송하였다. 이 후 밀양으로 가서 최경학의 밀양경찰서 폭파계획을 돕고, 서울로 상경하여 서울에 들어와 있던 양건호·곽재기 등과 함께 총독부·동양척식회사·식산은행 등의 정보를 살피면서 독립운동을 하던 중 경기도 경찰에 의해 1920년 8월에 체포되어 1921년 5월 23일 징역 2년을 언도받고 복역하였다. 출옥 후 베이징·상해를 거점으로 의열단 활동을 하다가 국내 공작임무를 띠고 다시 국내로 들어왔다. 이 후 배중세는 경상북도 달성군 노곡동에서 양건호와 동거하면서 동지들을 규합하고 정보 교환을 하며 기회를 노렸다. 하지만 1925년 11월 5일 자신의 집에서 양건호 등과 함께 일을 하다가 기습한 경찰에 검거되어 '경북폭탄사건'이라 불리는 의거계획이 좌절되기도 했다. 이 사건으로 1926년 12월 23일 징역 3년을 언도받고 대구형무소에서 옥고를 치렀다. 출옥 후 또다시 독립운동을 하다가 1943년 1월에 다시 검거되어 대구형무소에 구금되었다. 하지만 거듭되는 고문과 옥고를 견디지 못해 1944년 1월 23일 광복을 보지 못한 채 대구형무소에서 죽음을 맞이했다.

1963년 대통령 표창, 1977년 건국포장, 1990년 건국훈장 애국장이 추서되었다. (출처) 한국학중앙연구원 – 향토문화전자대전

박응양朴應陽 (1871~1926)

반남潘南 박씨朴氏 23대 손孫으로서, 경남 산청 금서면 출생, 이명은 명언明彦. 애국지사 박응양朴應陽은 일본에 나라를 빼앗긴 한을 품고 1919년 3.1운동 시발로 3. 22 산청 장날을 기해 일제 봉기하고자 3월 18일 산청면 새동 수계정에서 민영길, 신영희, 오원탁, 신창훈, 애국지사 등과 같이 결의하고, 태극기를 등을 준비하였으나 당시 군수였던 홍승균의 밀고로 일본 헌병에 검거 되었으나 단순 가담자로 분류되어 가혹한 고문과 삭발만 당하고 귀가하여 은둔하다가 예정대로 3월 22일 주민 400여명을 민치방 투사와 진두지휘하다가 일본군의 군도에 맞아 바른쪽 귀와, 팔을 완전 절단 당한 채 귀가하여 불구의 몸으로 7년간 투병하다가 1926년 7월 30일(55세) 여생을 마침. 대한민국 정부는 그 공을 기리기 위해 故 박응양朴應陽 애국지사에게 1997년 8월 15일 건국훈장 애족장(NO:19-002766)을 추서함. 이듬해, 대전 국립 현충원 애국지사 묘역(NO:750)에 부인 배성옥裵性玉여사와 함께 새로이 안장됨

박재선朴載善 (1888~1951)

선생은 의령군 부림면에서 태어났다. 1919년 3월 15일 의령군 부림면 신반장터에서 정주성, 황상환, 최한규, 장용환, 김용구, 이동호, 최영열, 박우백 등과 만세 시위를 주도하다 검거되어 태형 60대를 선고 받았다. 그 후유증으로 반신불수가 되어 평생 병고를 겪었다. 선생과 함께 만세 시위를 주도한 정주성, 김용구, 이동호, 최영열, 박우백 선생은 아직 국가로부터 독립운동을 인정받지 못하고 있다. 재야사학자 정재상 경남독립운동연구소 소장이 광복절 75주년을 맞아 경남 의령군 출신 3.1독립운동가 박재선 선생을 비롯한 6명에 대한 선생의 며느리 정옥이(87. 창원시)씨의 요청으로 후손을 대신 해 서훈을 청와대에 청원 하였다.

(출처) 경상뉴스

http://경상뉴스.kr/news/board.php?board=news&category=1&command=body&no=19913

안용봉安龍鳳 (1912~1950)

창원퇴촌 출생. 1928년 부산의 한 방직공장에서 노동자로 일했다. 1933년 경성으로 옮겨 니시 칭원 출신인 안승락·아차대 등과 함께 사회주의 운동을 시작 1940년 9월 검거돼 이듬해 3월 19일 경성지방법원으로부터 징역 1년6월을 선고받아 복역 1947년 창원초등학교 운동장에서 열린 광복 2주년 기념식장에서 "지금의 해방은 껍데기 해방"이라 연설 1948년 단독정부 수립 이후 진해경찰서에 여러 차례 끌려가 갖은 고초를 당함 1950년 한국전 쟁 발발 이후 다시 진해경찰서에 끌려가 재판절차 없이 창원 삼정자동의 한 산골짜기에서 학살돼 생을 마감. 2006년 건국포장 서훈

이교영 李教永 (1878~1951)

1878년 10월 4일 마산부 진전면 곡안리 출생. 이교영 선생은 "1919년 3.1독립만세운동 당시 진전 고현시장 장날에 일어난 시위에 참가했다가 주동인물로 체포돼 태형 90대를 받음. 대통령 표창을 받음. 마산의 대표적인 독립운동가 죽헌 이교재 선생과 항렬자가 같은 일가이다. 이교재 선생과 함께 해방될 때까지 상해 임시정부에 보낼 군자금을 모으는 등 독립운동에 헌신하신하다. *곡안리 민간인 학살-1950년 8월 11일 경상남도 창원시 마산합포구 진전면 곡안리 성주 이씨 재실齋室에 피란해있던 마을 주민 150여 명이 미군의 공격을 받아 86명이 희생된 사건. (중략) 곡안리 민간인 학살 사건은 1999년 10월 4일 『경남 도민 일보』에 보도되면서 세상에 알려졌다. 이후 경남 도의회와 마산 시의회에서 진상 규명 대정부 건의문을 채택했으며, 2005년 진실·화해를 위한 과거사 정리 기본법이 제정되고, 이 법에 의한 진실·화해를 위한 과거사 정리 위원회가 발족해 곡안리 사건을 조사한 결과 2010년 6월 30일 진실 규명 결정을 내렸다. 또한 이 사건 희

생자 중 1919년 3·1 운동 당시 마산 삼진 의거를 주도했던 이교영 선생은 2008년 대통령 표창을 받아 독립 유공자로 추서되었다. 그러나 진실·화해를 위한 과거사 정리 위원회와 시민 사회단체, 학계의 요구에도 불구하고 민간인 학살 희생자들에 대한 배상이나 보상에 대한 특별법은 제정되지 않고 있어 아직도 희생자 유족들은 국가로부터 아무런 배상이나 보상을 받지 못하고 있다. 출처)·독립운동사 제3권 삼일운동사(하) 독립운동사편찬위원회 편저·한국학중앙연구원 – 향토문화전자대전

이순근 李舜根 (1900~?)

경남 함안군 군북면 명관리 출생. 1932년 3월 일본 와세다 대학 정치경제학과 졸업. 1932년 12월 조선반제동맹경성지방위원회 결성. 책임자. 1933년 2월 동대문경찰서 검거 징역4년 1938년 1월 만기출옥. 1938년 3월1일 창업한 후배의 무역회사 삼성상회(故이병철 회장)에 지배인으로 근무.(일제 경찰의 상시적 감시에서 벗어나기 위함과 조선사회 경제의 구조와 실상을 구체적으로 파악하고자 하는 의도적이었을 것이며 이때에도 조선의 해방과 공산주의 혁명운동의 끈을 놓지 않음) 1940년 '경성콤그룹검거사건'에 연루되어 다시 검거됨. 1945년 9월 건국추진위원회 기획부원, 조선인민공화국 교통부장 대리. 1945년 11월 북조선으로 넘어감. (출처) 후손 이정하의 자료에서

이화경 이원경 최숙자 강순이 구은득

*이화경은 구여순, 구은득 이종으로 의령 만세운동 당시 부모님이 운영하는 상점에서 일하였고, 1976년 7월 7일 의령읍 자택에서 별세하였다.

*강순이는 의령 만세운동 당시 보통학교 선생이었다. *구은득은 독립운동가 구여순의 누이동생이며, 이원경, 이화경, 최숙자 등이 이끄는 여성단체에 참여함으로써 의령 만세운동은 절정에 달했다. 또한 인근 지역으로 만세 열기가 확산되는 계기가 되었다.

*최숙자, 이원경은 의령읍 사람으로 이화경과 같이 자란 친한 벗이었다. 의령 만세운동 후 이들은 검거되어 진주지원에서 징역 10개월, 집행 유예 3년을 받고 풀려났으나, 최숙자와 이원경은 진주 감옥에서 미결로 오래도록 갇혀있다 풀려났다. (출처 : 의령의 항일 독립 운동사)

정칠성丁七星 (1897~1958)

대구출신으로 정금죽丁錦竹으로 불렸다. 여성운동가이며 사회주의 운동가이다. 상경 후 남도 기생들이 중심이 된 한남권번의 기생이 되었고, 일본 동경 영어강습소에서 수학, 1923년 귀국 뒤 물산장려운동에 참여했다. 1924년 우리나라 최초의 전국적인 여성운동단체인 조선여성동우회 결성에 참여 발기인, 집행위원이 되었다.초옥, 경선, 신춘, 춘앵, 금선, 월선, 금향, 옥선은 강릉 지역 관기이다. 1907년 3월부터 1909년 2월까지 일제가 식민지 건설을 위한 사업으로 한국재정을 압박할 때 거족적인 국권회복 운동이 전개되고 강원여성들도 팔을 걷어붙이고 나섰다 국채보상금으로 내놓을 현금이나 패물을 모았고, 은가락지까지 국채보상기성회로 전달한 사실이 대한매일신보에 실렸으며, 강릉 지역 관기 출신 8명이 뜻을 모아 6환 50전을 국채보상금으로 내 놓았다는 기사가 1907년 3월 27일자 황성신문에 실렸다. 다만 그 이후 그들의 행적은 알 수가 없다.

팽삼진彭三辰 (1902~1944)

선생은 창동 중앙학교 및 여자야학교 선생으로 오랫동안 근무하면서 교육에 봉사하였고, 청소년 사회의 지도적 인물로 존경 받았던 분이다. 1902년 5월 9일 경남 마산시 동성동 출생하였다. 마산창신학교 재학 중 1919년 3월 마산에서의 독립만세운동에 참여하였다가 체포되어 6개월 징역형을 받고 옥고를 치렀다. 1923년 6월 보안법 위반자들의 친목도모를 목적으로 조직 된 의성계義誠契 간사가 되었고, 7월 마산 무산소년단 간사, 8월 마산노농동우회 서무 주임을 맡았다. 1923년 9월 5일 학생층에게 민족교육과 독립정신교육을 하였다고 소요혐의 체포 투옥 되었다. 1924년 3월 마산,창원 각지 노농운동자 40여명이 회합을 갖고 마산,창원, 함안의 각 노농단체를 망라하여 삼산노농연합회三山勞農聯合會를 결성하게 되어 발기 준비위원으로 선임되었고, 남선노농동맹 창립

대회에 마산노농동우회 대표로 참석하였다. 1924년 비밀결사 사각동맹四角同盟 결성에 참가하고, 1925년 1월 마산독서회를 창립하여 간사를 맡았으며, 1926년 5월 마산노동회가 발행했던 벽신문 『첫소리』의 사회부원이 되었다. 1926년 '제2차 조선공산당 검거 사건'에 연루되어 일본경찰에 검거되었으나 1928년 2월 무죄로 석방되었다. 1935년 7월 독립만세시위 요시찰 인물로 마산경찰서에 예비검속으로 구금되어 장기간 옥고를 치렀고, 1944년 3월 23일 경남 마산시 사망하였다. 1990년 독립유공자 애족장 수상 출처) · 창원지역 3.1독립운동자료집 p230~232 '창원지역독립운동가(팽삼진)'

• 창원시블로그 https://blog.naver.com/cwopenspace/221486433128

• 웹문서 일기전용위키(팽삼진) https://readonly.wiki/w/ 팽삼진

하도인河道仁 (1901~1970)

창녕군 창녕읍 말흘리 출생. 1920. 창녕 청년회 상무부장 소인극단 조직, 우국동지회 및 애국동지회 회장 역임. (출처 : 창녕 군지)

황귀호黃貴浩 (1907~1988)

창녕군 남지읍 신전리 출생. 1918년 13세에 만주로 건너감 봉천

마용대학 동북 육군강무당 졸업 동경 일본 내무성 경찰강습소 졸업 중화민국 육군 중위로 복무 1932. 백범 김구선생의 밀령으로 만주국 침투(안동성 공서 경무청. 통화성 장백현 경무과장으로 임무 수행) 1943 일경에 체포 1945. 8. 15 광복으로 석방 귀국함 1977 독립유공자로 대통령 표창 받음 (출처 : 창녕군지)

* 김성대

경남 마산에서 태어나 2013년 『경남작가』로 작품 활동을 시작했으며, 시집으로 『나에게 묻는다』가 있다. 2020년 제1회 〈부마민주항쟁문학상〉을 수상했다.

* 노민영

경남 마산에서 태어나 2005 『경남작가』로 작품 활동을 시작했다.

* 박덕선

경남 산청에서 태어나 무크지 『살류주』, 『여성비평』으로 등단, 시집으로 『꽃도둑』, 『술래야 술래야』가 있다.

* 배재운

경남 창녕에서 태어나 2001년 제10회 〈전태일문학상〉을 수상했으며, 시집으로 『맨얼굴』이 있다.

* 이규석

경남 함안에서 태어나 1987년 〈고주박동인〉으로 작품 활동 시작했으며 시집으로 『하루살이의 노래』, 『갑과 을』이 있다.

* 이상호

경남 창원에서 태어나 1999년 〈들불문학상〉을 수상했으며, 시집으로 『개미집』, 『깐다』가 있다.

* 정은호

경남 진주에서 태어나 1999년 〈들불문학상〉을 수상했으며,
시집으로 『지리한 장마 그 끝이 보이지 않는다』, 『방바닥이
속삭인다』가 있다.

* 최상해

강원 강릉에서 태어나 2007년 『사람의 문학』으로 작품 활
동을 시작했으며, 시집으로 『그래도 맑음』, 『당신이라는 문
을 열었을 때처럼』이 있다.

* 허영옥

경남 의령에서 태어나 2003년 『경남작가』로 작품 활동을
시작했으며, 시집으로 『그늘의 일침』이 있다.

* 표성배

경남 의령에서 태어나 1995년 제6회 〈마창노련문학상〉을
받으며 시를 쓰기 시작했다. 시집으로 『아침 햇살이 그립
다』, 『저 겨울산 너머에는』, 『개나리 꽃눈』, 『공장은 안녕
하다』, 『기찬 날』, 『기계라도 따뜻하게』, 『은근히 즐거운』,
『내일은 희망이 아니다』, 『자갈자갈』 등이 있으며, 시산문
집으로 『미안하다』가 있다. 제7회 '경남작가상'을 받았다.

■ 〈객토문학〉 동인지 및 기획시집

- 제1집 『오늘 하루만큼은 쉬고 싶다』 도서출판 다움(2000)
- 제2집 『퇴출시대』 도서출판 삶이보이는 창(2001)
- 제3집 『부디 우리에게도 햇볕정책을』 도서출판 갈무리 (2002)

  배달호 노동열사 추모 기획시집 『호루라기』 도서출판 갈 무리(2003)
- 제4집 『그곳에도 꽃은 피는가』 도서출판 불휘(2004)
- 제5집 『칼』 도서출판 갈무리(2006)

  한미FTA 반대 기획시집 『쌀의 노래』 도서출판 갈무리 (2007)
- 제6집 『가뭄시대』 도서출판 갈무리(2008)
- 제7집 『88만원 세대』 도서출판 두엄(2009)
- 제8집 『각하께서 이르기를』 도서출판 갈무리(2011)
- 제9집 『소』 도서출판 갈무리(2012)
- 제10집 『탑』 도서출판 갈무리(2013년)
- 제11집 『통일, 안녕하십니까』 도서출판 갈무리(2014년)
- 제12집 『희망을 찾는다』 도서출판 갈무리(2015년)
- 제13집 『꽃 피기전과 핀 후』 도서출판 갈무리(2016년)
- 제14집 『봄이 온다』 도서출판 갈무리(2018)
- 제15집 『가까이서 야하게 빛나는 건 별이 아니다』 도서출 판 두엄(2019)
- 제16집 『시작은 전태일이다』 도서출판 수우당(2020)
- 제17집 『태극기 전성시대』 도서출판 수우당(2021)
- 제18집 『아름다운 이름』 도서출판 수우당(2022)